復仇的老鴉

印度寓言故事

張學明

商務印書館

本書據商務印書館「小學生文庫」《印度寓言》(上下冊) 改編，文字內容有刪節修訂。

復仇的老鴉 —— 印度寓言故事

作　　者：張學明

責任編輯：洪子平

出　　版：商務印書館 (香港) 有限公司

　　　　　香港筲箕灣耀興道 3 號東滙廣場 8 樓

　　　　　http://www.commercialpress.com.hk

發　　行：香港聯合書刊物流有限公司

　　　　　香港新界大埔汀麗路 36 號中華商務印刷大廈 3 字樓

印　　刷：美雅印刷製本有限公司

　　　　　九龍觀塘榮業街 6 號海濱工業大廈 4 樓 A

版　　次：2016 年 7 月第 1 版第 1 次印刷

　　　　　©2016 商務印書館 (香港) 有限公司

　　　　　ISBN 978 962 07 0432 1

　　　　　Printed in Hong Kong

目錄

好虛榮的熊

　　野外有一片平原，茸茸的綠草茂盛地平鋪在地上。美麗的月亮，掛在蔚藍的天空中，越顯出她的明朗。這時候，一隻狐狸本是懶洋洋地在家中坐着，也給月色引動起牠的遊興，到外面去散步。

　　當狐狸正在賞玩夜景的時候，忽然看見一隻熊在距離牠不遠的地方，起勁地跳舞。牠看見熊舞得蹣跚的樣子，很是難看，暗暗地笑牠一回。同時牠的心裏很疑惑，熊為甚麼這般高興地跳舞呢？

　　狐狸禁不住好奇心動，就走到熊的

面前問牠説：「熊先生，你還沒有睡覺麼？你跳的舞真是好看極了。」

熊答道：「狐先生，你的話不錯。今早喜鵲先生看見我走路，説我的步伐很適宜跳舞，倘若舞起來必定是好看的。所以我高興起來，在這裏練習，因此還不想去睡呢。」

狐狸聽見熊這樣説，更覺得好笑了。牠猜到喜鵲在捉弄牠，説了不誠實的話。但是狐狸本性狡猾，自詡聰明，於是趁機拿牠來開玩笑。當即對熊讚美説：「熊先生，你的跳舞技藝，委實高強，我們萬萬比不上你，只能夠佩服罷了。」

熊聽見牠的話，心裏快活極了，越是舞得高興，越是難看。

狐狸笑得腰也彎了，牠忍着笑又對熊說道：「熊先生，你跳舞跳得這樣好，唱歌想必也是好的，你可以唱給我聽嗎？」

　　熊當時被虛榮心迷住，忘記了虎先生的家就在不遠的地方。牠閉着眼睛，一邊跳舞，一邊高聲地唱歌。不提防牠的聲音，卻被悶坐家裏的虎先生聽見了。原來這位虎先生，因為這幾天沒有大塊肉吃，只吃了幾隻小兔，肚子正鬧着饑荒，十分難過，忽然聽見熊在唱歌，喜出望外了。於是，牠循着歌聲所在的地方一路找過來。這時候，狐狸早就逃匿去了。熊還是閉目在那裏跳舞唱歌，毫不知情。

　　等到熊睜開眼睛的時候，已經給虎

先生捉住，而且轉眼間就成為虎先生一頓豐盛的晚餐了。

　　這時候鷹在天空中盤旋着，看見這樣的情形，不禁歎了一口氣說：「虛榮心真是害人不淺啊！」

蹣跚：腿腳不靈便，走路緩慢、搖擺的樣子。

自詡：自誇的意思。

逃匿：指逃跑躲藏起來。

虛榮心真是害人不淺啊！

獸類的大宴會

從前某處地方，有一座人跡罕到的森林，裏面完全是獸類的世界。羣獸當中，有一隻獅子，威權最大，羣獸都怕牠，奉牠做獸類的王。

有一天，羣獸聚着議事，商議籌備一個大宴會，邀請獅王赴宴，會中預備了各種遊藝，來娛樂獅王。但是獸類中有一隻狡猾的狐，喜歡破壞人家所做的事。所以，牠們互相告誡，不許把這次宴會的事，給那狡猾的狐知道。

可是，這狐的性情確是非常狡猾的，牠們雖然極力防備牠，最終還是給

牠打聽出來了。當狡狐知道這件事後，心裏很不高興，怪牠們為甚麼不許牠參加宴會。後來，牠把自己的頭顛了一顛，自言自語道：「看啊！牠們的計策，終究也會敗在我的手上。」

　　狡狐說罷，便做了一個很匆忙而且很驚懼的樣子，跑到獅王那裏，恭敬地站在獅王面前，說道：「我的獅王啊！請你寬恕我的罪，我來為你報告一件機密的事情：森林裏的羣獸為獅王您安排宴會，並不是好意，而是準備在宴會最熱鬧的時候，把你殺掉呢！」牠說完後，用手揩抹眼淚，像是忠心於獅王，替牠憤憤不平的樣子。

　　獅王聽到狡狐這番話後，一時不知怎樣應付，就向狡狐求計，問牠道：「牠

們既然要謀害我，我該怎樣對付牠們呢？這個宴會，我去好啊，還是不去好呢？」

狡狐知道獅王已經聽信牠的話了，心裏很是快活。牠不動聲色，仍然裝作忠心的樣子，對獅王獻計說：「獅王啊！你不要害怕，到了那個時侯，你仍舊赴會。我可以躲在暗中偵察牠們，到了必要時，我就遞個暗號給你，好嗎？」

獅王說道：「好的，就依你的主張做吧。」

牠們約定好後，狡狐就辭別獅王，回家去了。到了宴會那一天，獅王就赴羣獸的宴。這次宴會，果然佈置得很盛大。在飲宴當中，孔雀姑娘施展着牠美麗的繁星似的尾巴，在跳舞。杜鵑姑娘

也顯示牠的本領，弄着牠婉轉的歌喉，在唱歌。各獸也各逞技能，獻媚於獅王。在歌舞正酣的時候，滿森林裏充滿着快樂的呼聲。羣獸的領袖，狼及土狼拿着花圈獻給獅王。

獅王俯着頭將要接受戴花圈的時候，狡狐忽然低嚎了一聲。獅王聽見這個暗號之後，突然怒吼起來，立刻把狼和土狼撲殺了。

羣獸見獅王發怒，驚得失魂落魄似的四散逃竄。獅王惱怒地追逐羣獸，撲殺了不少獸類的性命。這時候狡狐也跑出來，幫着獅王追逐。

羣獸見了牠，方才明白這是狡狐的毒計，不禁歎氣說道：「我們以為避開惡人就可以平安了，不料反受這隻狡狐

的陷害。我們以後做事，還是不要避開惡人啊！」

憤憤不平：憤憤：很生氣的樣子。指心中不服，感到很氣憤。

四散逃竄：指向四方八面逃走。

說不斷的故事

獅子，是獸類中最兇猛的，所以羣獸怕牠，稱牠做獅王。

卻說有一隻獅王，管轄一座森林。有一天，獅王對一班臣子說：「你們要在羣眾裏挑一個善說故事的獸，到宮中說故事給我娛樂，而且牠說的故事是永遠都說不斷的。如果你們獻不出來，那麼就別想活在世上了。」

羣獸聽到了獅王這般嚴厲的命令後，都嚇得面面相覷，不知怎樣應付才好。

牠們正在憂愁的時候，一隻狐狸走

來對牠們說：「兄弟啊！你們怕甚麼呢？如果你們沒有人能夠說這樣的故事，你們就把我獻上去吧，因為我知道這樣的故事啊！」

羣獸聽到狐狸這樣說，十分快樂，把先前的憂愁也拋掉了。牠們立刻把狐狸引到王宮，對獅王說：「陛下，這隻狐狸能夠說不斷絕的故事，我們特地獻給你呢。」

獅王心裏快活，就說：「好啊！把牠留在這裏吧。」

當羣獸離開後，狐狸恭敬地站在獅王面前，對獅王說：「陛下，你要聽哪一種故事呢？請你告訴我吧。」

獅王說道：「自然是選些有趣的說給我聽啊，不過你要留心，如果你說的

故事中途停下來，你的生命也會隨着你的故事中止。你知道嗎？」

狐狸答道：「是的，陛下的威嚴，小臣知道了。」於是，狐狸就開始說牠所要說的故事。

狐狸說道：「從前有一個人，他有一個很大的穀倉，裏面貯藏了許多許多穀。有一次，忽然有一大羣蝗蟲，列隊而來。恰巧，穀倉外面穿了一個小洞，給一隻蝗蟲發覺了。牠鑽進洞裏去，在穀倉裏面遊歷一遍，然後含了一顆穀走出洞來。牠遇着第二隻蝗蟲時，把裏面的事統統告訴了牠。第二隻蝗蟲很想得到穀，就照樣鑽進洞裏去，含了一顆穀出來。第三隻蝗蟲見了，也是如此……」

這時獅王很不耐煩，就問：「後來

怎麼樣了？」

狐狸繼續說道：「第四隻蝗蟲也是如此鑽進洞裏去，照樣含了一顆穀才出來呢。」

獅王怒道：「後來又怎麼樣？」

狐狸答道：「以後這大隊蝗蟲，一隻一隻鑽進洞裏去，一隻一隻含了一顆穀出洞來，如此鑽進鑽出是沒有中止的。」

獅王說：「這樣的故事有甚麼趣味啊！」

狐狸答道：「大王不是說過要聽不停不息的故事嗎？你想，一隻一隻蝗蟲鑽進洞去，一隻一隻鑽出洞來，這是一件多麼有趣和稀奇的故事呢！」

獅王歎了一口氣，說道：「我被自

己的話縛住啊！要不然，你的血早就流在我的面前了。」

狐狸退了出來，自言自語地說：「一個專制的王，如果不顧自己說過的話，當他要得到一件東西時，是沒有人可以制止他的。」

面面相覷：你看我，我看你，不知道如何是好。形容人們因害怕或無奈而互相望着，都不說話。

樵夫與樹木

　　有一座很繁盛的森林，裏面生長了不少成材的樹木。有一天，一個樵夫拿住一柄鐵斧，跑到樹林裏來。整個森林的樹木，都震慄着哀求道：「樵夫啊！請你饒了我們，讓我們保存生命吧！」

　　樵夫答道：「我本來很同情你們的，但是我見了這把鐵斧，就不由引起我工作的興趣來。所以你們怨我，不如怨這斧頭吧。」

　　樹木們答道：「我們知道你那把鐵斧的柄，原是我們某一根樹上的樹枝。它現在幫助你傷殘自己的同類，它的罪

惡是多麼的重大啊！」

樵夫道：「啊！是的。它如果不做我的斧柄，你們也不會受到傷害。所以你們最大的仇敵，不是別人，而是自己的同類呢。」

震慄：指非常恐懼，全身發抖。

懶惰的轎夫

　　從前有一個人，因為走失了愛犬，就叫平日僱用的兩個轎夫，替他尋找。但是，這兩個轎夫卻回答道：「主人，你僱用我們的職務是替你抬轎，不是替你尋犬啊。」

　　這個人連聲回應說：「是的，你們的話說得很對，我一時說錯了。你們快把轎子抬來，還是讓我自己出去找牠吧。」

　　他說完這話，兩個轎夫就很滿意地把他們的主人抬了出去。他們上山，過嶺，一程一程的走了許多路，還沒有尋着失去的犬，卻把兩個轎夫累得筋疲

力倦，汗流浹背。可是，他們的主人並沒有絲毫停下來的意思，大有尋不著這犬，就不願回家的樣子。

這兩個轎夫實在沒有氣力再抬了，就央告主人說：「主人，我願意替你去尋覓這犬，請你老人家不要自己出去吧。」這人笑着說道：「你們現在願意去找牠嗎？這不是我強迫你們的。」說着，就自己回家去了。

兩個轎夫歎道：「人越懶惰，所吃的苦就越多。我們今天就是這樣的情形啊！」

汗流浹背：浹：粵音接，濕透。形容汗水流得滿背都
　　　　　是的樣子。

央告：低聲下氣地請求別人。

愚蠢的狼

有一隻住在海岸上的狐狸，牠每天見慣了海浪的起伏，所以對海浪的性情，很是明瞭。

有一次，牠遇見一隻從未見過海的狼。牠問狐狸：「海是甚麼模樣的呢？」狐狸答道：「是一片水。」狼又問：「牠是歸你管理的嗎？」狐狸答道：「我住在那裏，自然是我管理的。」狼再問：「我可以去看一看嗎？」狐狸答道：「可以啊！」於是，牠們一同來到海邊。

狐狸對海浪說道：「你們湧上來吧。」海浪果然依着牠的話湧了上來。

一會兒，狐狸又說道：「你們退下去！」海浪果然又依着牠的話退下去。於是狐狸又說道：「你們湧起來，伏下去，我不命令你們停止，你們不要停止！」海浪果然不停不息地湧着伏着。

狼見了，就深信狐狸有管理海的大權。於是牠問狐狸：「我可以去到海裏玩一會兒嗎？」狐狸答道：「可以的，你不見海已服從我的命令嗎？」

狼深信不疑，很放心地跳進海裏，不料波浪一湧，就把牠漂走溺死了。到了潮漲的時候，海浪把狼屍送到海岸來。狐狸抓着牠，一邊吃一邊說道：「愚人的身體，是應該給狡猾者果腹的呢。」

果腹：吃飽肚子的意思。

奇怪的鼓裏的手

某處鼓樓裏面掛着一個大鼓，每到擊鼓的人把鼓擊得咚咚響的時候，就有兩個愚人前來窺探，他們互相猜度説道：「鼓的裏面，一定是有一個人躲着的，不然，為甚麼它會咚咚的響呢？」他們常常這樣的猜度着。

有一天，他們得到一個機會，那守鼓的人不在那裏。他們就在鼓的兩面，各穿一個洞，然後把手伸進去，彼此互握着。一個人叫道：「我們猜度的確不錯！裏面的人，已經把我的手捉住了。」另一個人也説道：「是的，我的手也被

捉住呢。」他們倆彼此糾纏着不能解開，同聲怒罵着鼓裏的惡魔。

不久，守鼓的人回來了，見了他們的情形，大大的詫異，問他們究竟是怎麼一回事？兩個愚人就把他們的疑問，對守鼓的人說了。守鼓的人大笑起來，對他們說：「鼓裏面哪裏有人呢，不過是你們互相捉着對方的手罷了。」

經過這番解釋之後，兩個愚人才恍然大悟起來。可是，這個鼓已經被他們弄壞了。

窺探：指暗中察看、打聽。

猜度：指推想、猜測別人的想法、意圖。

詫異：指感到十分驚奇或奇怪。

字詞測試站 1

下面這些詞語你懂得運用嗎？試試看。

　　窺探　震慄　猜度　詫異

　　1. 經過一連串調查後，警察終於揭露了令人 ＿＿ 的案情。

　　2. 我們沒必要 ＿＿ 下去，直接問他就可以了。

　　3. 他的話很奇怪，我聽了之後很 ＿＿＿ 。

　　4. 我們最好還是不要去 ＿＿ 別人的私隱。

假作聰明的富人

　　東方某個地方，有一個富人，他並不懂得音樂，卻總是假裝對音樂很內行。遇着有藝術家到他家裏來獻技的時候，他就拿着一根線，一端綁在自己的衣角上，另一端交給他的妻子拿在手裏。因為他的妻子，才是一位真正精通音樂的人。每次富人坐着欣賞表演時，他的妻子就坐在簾子後面，當歌者唱到最精彩的部分，或者樂師演奏到極妙的時候，妻子就拉一拉手中的線，富人得到暗示之後，就大聲鼓掌表示讚美。

　　有一次，一位著名的歌者到他家裏

來獻唱。富人熱情地招待了這位歌者，還特意邀請了許多來賓，開了一個盛大的歡迎會。當歌者開始表演的時候，他照以前的辦法，把線綁好了，坐着聽歌。當歌者正在演唱的時候，忽然富人的愛犬走近富人，咬斷了他綁着的線。富人驚叫道：「對不起，請你停一下，因為我的線斷了。」

他這樣一叫，全場的來賓和歌者都驚奇地看着他。他面紅耳赤地說明了緣由，大家都哄笑起來，特別是歌者，笑得腰都直不起來了。有個人一邊搖頭一邊歎息道：「可憐的人！不懂不要緊，不懂裝懂才最可笑啊！」

農夫與狐狸的問答

某個早晨，一個農夫從家裏出來，跑到田裏，預備去做他的工作。忽然，他看見田裏有四足獸的腳跡。他很奇怪，就想找一個人問問。

他正在路上走的時候，遇見一隻狐狸。農夫就問牠道：「狐君，你知道昨夜誰在我田裏行走呀？因為我看見田裏有四足獸的腳印。」

狐狸答道：「先生，這個我不知道。如果你要弄清楚這件事，就請你去問問海中有兩條翅的魚，牠一定能夠明白地告訴你。」

農夫笑着說：「你這話不是很狡猾嗎？」

　　狐狸也笑着答道：「你問我的話，不也很奇怪嗎？」

　　狐狸說完，就飛也似的逃走了。

井裏的龜

　　從前有一隻盲龜，牠一生只住在井裏，沒有到過別的地方。

　　有一次，有一隻生長在海裏的龜，到陸地上遊行，偶不留心，失足跌到這個井裏。盲龜聽見這海龜從上面跌下來，吃了一驚，問牠道：「朋友，你是從哪裏來的呢？」海龜答道：「我是從海裏來的。」盲龜問道：「海是個甚麼地方呢？」海龜答道：「也是和你所住的井一般有水。」盲龜又問道：「海有多大呢？是我住的井大，還是海大？」海龜道：「自然是海大。」

盲龜有點不信海龜的話，牠在井中遊行一圈，又問海龜道：「海有沒有這樣大？」海龜答道：「更大得多！」盲龜又問道：「那末，海究竟有多大啊？」海龜答道：「你一生住在井裏，沒有看過別的水，所以你沒法知道海是多麼大的。其實，就算盡你一生的力量，還不能游得完海的一半，更何況它的邊界呢？」

盲龜聽見，心裏更是不信，以為海龜騙牠，很生氣地說道：「比這個井更大的水，是絕對不會有的，不過你欺我沒有到過井的外邊，就誇大自己的家鄉罷了。」

這時候，恰巧井邊來了一個人，他聽見兩隻龜的辯論，禁不住笑起來，自

言自語道：「知識狹小的人，不能測度知識廣大者的所見，反而相信自己的知識和才能。這樣的人，和井裏的盲龜有甚麼分別呢？」

深林中的隱士

　　從前有一個人，他因為世俗的事，過於煩惱，覺得太厭倦了。於是他拋棄了一切財產和妻子，獨自一個人逃遁到一座深林裏面，築了一間小小的茅屋居住。

　　他隨身甚麼東西都沒有，只有一塊布纏在他的身上。可是這深林裏面鼠類非常的多，常常把隱士纏身的布咬壞，隱士想盡了法子，想把牠們除去，都沒有效果。於是，他就養了一隻猫來治這鼠害。

　　但是，這猫要喝牛乳，不得已下再

養了一頭牛，取下牛乳作猫的飲料。牛又需人照料，不得不僱一個牧童。牧童必須有一間房子住，就要僱一個女僕來料理這間房子。女僕又嫌寂寞，她去招了幾個人來作伴。隱士不得已又添建了幾間屋給她們住。人聲喧鬧，居然成了一個小村鎮了。

到這個時候，隱士才大大的覺悟起來，歎了一口氣說道：「啊！我現在明白了：一個人越想要離開一切煩惱的束縛，煩惱就越逼近，人們就越受束縛呢！」

束縛：指被困着，失去行動的自由。

復仇的老鴉

　　有一隻快要當母親的老鴉，結巢在一棵樹上。可牠萬萬沒想到，樹的下面，有一個洞，卻是一條惡蛇的巢穴。老鴉經歷千辛萬苦把小鴉孵了出來，而且哺養得肥肥胖胖的。小鴉卻在一天一天的減少，直至巢穴裏空了，一個小鴉都不剩。老鴉悲哀地繞着巢，呼喚着牠心愛的孩子們，卻始終聽不見小鴉們的回應聲。於是，老鴉仔細地考察着各處，當牠發現蛇洞之後，就開始疑心小鴉的失蹤跟這個隣居有關。

　　但是牠並不想搬離自己已經熟悉了

的家。到了第二年，牠又孵了一窩小鴉出來，照樣把牠們餵養得肥肥胖胖。可是到了這個時候，悲劇又上演了，小鴉又開始一天一天的減少。老鴉已經很清楚是蛇在作惡，但是，自己的力量根本不是那條蛇的對手，只好忍氣吞聲，當作甚麼也沒有發生。但是，蛇可不會善罷甘休，老鴉這般容忍，不但沒有讓牠收手，反而更助長了牠的囂張氣焰。

　　一次，老鴉正在巢裏哺育孩子。這條蛇因為饑腸轆轆，竟毫不客氣地爬到樹上來，大搖大擺地準備叼一隻小鴉下去。老鴉驚得飛起來，一邊哭着，一邊求牠道：「蛇先生，請你可憐可憐我，別再吃我的小孩子了！如果你肯答應，我情願把每天辛辛苦苦覓來的食物，分

一部分給你。」

蛇從容地把小鴉吞了下去，笑着說道：「我沒有你這樣蠢，放着新鮮的小鴉肉不吃，倒情願去吃你剩下的腐屍臭肉嗎？」

老鴉聽了這番話，心裏越加悲傷，但也無計可施，急得在樹上跳來跳去。忽然牠靈光一閃，計上心頭。只見牠馬上動身飛到王宮裏去，叼起王后最心愛的指環就往外飛。宮裏的人見了，立刻有一堆人追過來。老鴉飛啊飛，終於飛回到樹上，卻把指環扔在蛇的洞口外面。追來的人看見了，就要上來拾取。這時候，被嘈雜的人聲驚醒的蛇，從洞裏爬了出來。牠見了人就張開口，像要咬人的樣子。人羣裏有幾個膽小的被牠

嚇住了，但是還有幾個膽大的人，卻商量着找來了一條粗棍子，狠狠地把這條惡蛇打成了肉醬。

　　烏鴉在上面早已看到了發生的一切，牠知道自己大仇已報，不會再有惡隣侵害，便安心地哺養剩下來的幾個孩子去了。

善罷甘休：輕易地放棄糾紛，心甘情願地停止再鬧。

饑腸轆轆：肚子餓得咕咕直響，形容十分饑餓。轆
　　　　　轆：形容肚子餓時發出的聲音。

人有時遇到比自己實力強大的敵人時，不可使用蠻力，只能以智慧取勝。

字詞測試站2

「象聲詞」是為模仿自然界聲響而造出來的詞語。

「饑腸轆轆」中的「轆轆」就是象聲詞，形容肚子餓時發出的聲音。

下面幾個象聲詞，你能猜出它們在模仿甚麼聲音嗎？試試看。

1. 琅琅：＿＿＿＿＿＿＿聲
2. 蕭蕭：＿＿＿＿＿＿＿聲
3. 汪汪：＿＿＿＿＿＿＿聲
4. 吱吱：＿＿＿＿＿＿＿聲
5. 嗡嗡：＿＿＿＿＿＿＿聲
6. 呼呼：＿＿＿＿＿＿＿聲

貓頭鷹和烏鴉

貓頭鷹和烏鴉，向來是不和睦的，因為貓頭鷹的眼睛在白天不能看見東西，而烏鴉在黑夜裏也不能夠看見東西。

有一天，貓頭鷹對烏鴉說道：「你有甚麼本領呢？你在黑夜裏看不見，不能做事，我在夜裏卻可以看見，這就可以證明你是沒有用的。」

烏鴉很生氣的答道：「請不要信口胡說！我們在日間能夠看見東西，夜裏豈會看不見？你在白天尚且不能看見東西，黑夜裏又怎能看得見？這足以證明你的話不可信。」

牠們爭論不休，誰也說不過誰。但是，不久之後，牠們倆做了好朋友。烏鴉對貓頭鷹說道：

「你白天不能看見東西，是因為你的眼睛，是太陽的一部分呢！」

貓頭鷹也很和靄地對烏鴉說道：「因為你的身體是夜的一部分，所以你夜間不能夠看見東西呢！」

牠們說完之後，也發覺牠們自己的見解和從前不同了，於是牠們同聲說道：

「咦，這可真是很奇怪！相愛時和相恨時的思想，竟是完全不同的啊！」

兩方交惡時，對方總是一無是處。

兩方交好時，對方的缺點變成了優點。

蓮花、蜜蜂和青蛙

一隻青蛙住在池裏，到了夏天，池裏蓮花盛開的時候，牠見到成羣結隊的蜜蜂飛來採蓮花的蜜。牠覺得這些蜜蜂的行為很奇怪，就問蜜蜂說：

「你們住的地方，離這裏有多遠呢？為甚麼蓮花不開的時候，你們不來；蓮花一開，你們就來呢？」

蜜蜂答道：「我們住的地方離這裏很遠，但是我們是嗅到了蓮花的香氣才來的。」

青蛙又說道：「呀！這就更奇怪了！我住在池裏，沒有嗅到蓮花的香氣，你

們住在很遠的地方，反而嗅到蓮花的香氣，又是甚麼道理呢？」

蜜蜂說道：「我告訴你吧，蓮花有香氣，你的鼻子卻沒有可以嗅到香氣的能力呢！」

青蛙歎道：「唉！我雖然整天離蓮花這麼近，卻不能夠享受蓮花的香氣，要這個鼻子有甚麼用處呢？」於是，牠懇求蜜蜂教牠能夠嗅到蓮花香氣的方法。

蜜蜂答道：「那是不可能的事。我的鼻子，天生是能夠嗅到香氣的，並不是因為我用了甚麼方法。」

說完，蜜蜂又繞着蓮花，採着花中的蜜，帶回去釀蜜了。

每個人都應該了解自己獨特的天賦和長處。不屬於自己能力範圍的，千萬不能強求。

狡猾的狐狸和一羣蟹

　　一隻狐狸，離開了牠自己居住的森林，跑到河邊去，坐在那裏哭泣。當牠哭得悲切的時候，驚動了住在河邊附近洞裏的蟹。一隻隻蟹紛紛爬出洞來，看看是怎麼一回事。

　　當牠們看見狐狸坐着哭泣，覺得牠很可憐，很同情牠，問道：「狐狸先生，你為甚麼哭呢？」

　　狐狸答道：「我被同類趕出森林，不許回家，所以我才這樣悲傷呢。」

　　眾蟹好奇地問：「你犯了甚麼事，要被同類趕走呢？」

狐狸再次回答說：「因為我的朋友要到河邊捉蟹，我不贊成牠們這樣做，說蟹不過是小動物，為甚麼要傷害牠們呢？我本來是一片好意的，不料竟因此觸怒我的同類，被牠們逐出森林了。」

　　眾蟹聽了牠這番話，很替牠憂慮，便問牠：「狐狸先生，你現在打算到甚麼地方去呢？」

　　狐狸回答道：「我現在無家可歸，也沒有藏身之所呢。」

　　牠說完，更做出悲苦的樣子。眾蟹也很替牠憂慮，便聚在一起商議這事。當時，一隻蟹提議說：「狐狸先生因為救我們，現在受着無家可歸的苦。我們既然受了牠的恩惠，就忍心看着牠受苦嗎？不！這是不應該的。我的意思是請

狐狸先生到我們的洞裏居住。兄弟們啊！你們的意思怎樣呢？」

眾蟹答道：「你的意思和我們一樣，我們都是很贊成的。」

牠們商議完後，就對狐狸説：「因為幫助我們，反而連累你了。我們感謝你的恩惠，不知道該怎樣報答你呢？如果你不嫌我們的洞狹小，就請到我們家裏居住好嗎？」

狐狸聽見牠們這樣説，馬上就答應，還説了許多感激的話。於是，眾蟹在前引導，狐狸隨後跟來，一同到蟹洞裏去了。

狐狸在蟹洞裏很安分地住着，和眾蟹都很親熱，很和洽。眾蟹也承認狐狸是牠們最好的朋友，真誠地招待牠，所

以狐狸在蟹洞裏住得很舒服。

　　每當風清月明的時候，眾蟹都會爬出洞來，同狐狸一起在洞的左近遊玩。這時狐狸就把森林如何美如何好玩的話說了一大遍，眾蟹聽了，都露出羨慕的意思。狐狸看到後，就極力勸牠們到森林裏遊玩。

　　眾蟹很疑慮的說：「我們從小不敢遠離我們的洞，因為害怕遇到危險的事情後，沒處逃避呢！」

　　狐狸答道：「親愛的朋友，你們怕甚麼呢？我會領着你們出去，保護你們。如果你們不去，錯過了這個機會，以後恐怕再沒有這般眼福了。」

　　眾蟹聽到牠這樣說，就心悅誠服地隨着狐狸前去。牠們一路向森林進發，

狐狸在路上說了不少關於森林裏面的有趣故事給牠們聽。眾蟹越發高興，漸漸把一切疑懼的心事放下。不久之後，牠們已走近森林，狐狸領導牠們深入到森林的內部。

當眾蟹正在遊玩得十分快樂的時候，這隻狐狸突然大聲嚎叫。一羣預先埋伏在森林裏面的狐狸跑出來，四面包圍着，一同捉蟹。不到一會兒工夫，森林裏面的蟹都給牠們吃掉了。

這個大宴會完畢後，眾狐就對引蟹的狐狸讚美說：「你的本領和詭詐，真令我們佩服啊！」

這隻狡猾的狐狸冷冷的笑了一笑，驕傲地說：「你們要知道，我做的事，詭詐當中還有詭詐呢！」

喜歡說話的龜

　　從前有一隻龜，住在喜馬拉雅山腳底下的一個池塘裏面。有兩隻野鴨，常常飛來池邊喝水和玩耍；日子久了，這隻龜和兩隻野鴨成為了極親密的朋友。

　　一天，兩隻野鴨對龜說道：「我們住在喜馬拉雅山山峰的洞裏，那邊的風景非常好看。可惜你不能夠飛，要不然我們可以同你去看看！」

　　龜見兩隻野鴨這樣說，非常羨慕，牠懇切地請求牠們想法子帶牠去看。

　　兩隻野鴨想了一想，說道：「我們現在想到一個法子，可以帶你去看一

看。但是，你不能對人說話，你可做得到嗎？」

龜連忙答應說：「你如果肯帶我去，我是決不對人說的。」

於是兩隻野鴨找了一根棍子來，叫龜用口咬住棍子的中間位置，牠們也各自咬住棍子的兩端一同飛起來，把龜帶到天空去。

當牠們飛着的時候，村人偶然看見兩隻野鴨帶着龜在天空中飛，都覺得奇怪，便大叫道：「看呀！看呀！龜也會到天空中去啊！」

龜聽到他們的話，很是生氣。牠忘記了野鴨吩咐牠的話，忍不住望着下面的村人罵道：「我的朋友帶我去玩耍，用得着你們這些笨人來管我嗎？」

　　龜太愛說話了，最終因此害死自己。如果龜能

把「愛說話」的缺點改正過來，悲劇就不會發生了！

可是，龜一張口説話，話還沒説完，身子就從天空墮下來，跌到岩石上碎成一片片了。

幸運的人和努力的人

從前某一國的國王，有一天問他的首相道：「有命運這回事嗎？你相信命運嗎？」

首相答道：「命運是有的。我相信命運。」

國王道：「你可以證明嗎？」

首相答道：「可以！」

於是，他抓了幾把熟豆放在一個袋子裏，裏面混雜了不少鑽石。他親自把這個袋子懸掛在一間房屋的屋頂上。到了晚上，他請兩個人住到這間屋裏去，條件是不可以點燈。

這兩個人，一個相信命運，一個相信人力。他們來到這個幽暗的小屋之後，就一起躺在地板上。這時他們隱隱約約看到了屋頂上掛着的袋子。相信人力的人說：「咦，看那裏似乎有個袋子，我們想辦法拿下來，看看裏面有甚麼吧！」相信命運的人說：「能有甚麼好東西呢？要拿你拿吧，我要休息了！」相信人力的人就運用自己的智力，想方設法把屋頂上懸掛的袋子取了下來。他用手摸摸袋裏的東西，原來是一些豆子和小石子，便拿了一顆豆子放到嘴裏一嚐，原來是熟的。他心裏想：「有一些熟豆吃也是極好的！」於是，他吃着那些熟豆，遇到小石子就拋在躺在地板上的人身上，一邊說：「熟豆的味道好極

了，不過這些小石子才是你這個懶人應得的。」這個相信命運的人，則一言不發地撿起一粒粒的小石頭，放進自己的口袋裏面。

第二天天亮的時候，國王和首相打開房門進來了，叫兩個人把他們口袋裏的東西拿出來。相信人力的人，熟豆已經吃到肚子裏面，自然沒有東西可以拿出來；而相信命運的人，卻從衣袋裏抓出一把鑽石來給國王和首相看。於是，國王就把這些鑽石賜給了這個人。

國王隨後對首相說道：「這是真的，命運的確是勝過人力的。」

首相這時卻答道：「雖然有命運這回事，但卻是飄渺而不可靠的。我們做事，還是要靠人力去做呢！」

劍、剃刀與皮磨

一天，一把剃刀問一柄劍道：「我和你都是同類，為甚麼人們說起你就非常敬畏？而我，他們提也不提一聲呢？」

劍答道：「你的用處，不過在人們的面上刮刮罷了。我呢，卻能夠深入人們的心臟及內部，所以人們這麼敬畏我！」

說到這裏，正在磨剃刀的皮磨插嘴說道：「人們都喜歡製造罪惡，因為你造的罪惡深，人們才會這麼敬畏你呢！」

不誠實的國王和滑稽的人

　　從前有一個東方國王，很喜歡人們
諂媚他，稱他做富裕的國王。所以每個
到宮中來的人，都會稱頌國王，而國王
聽後心裏快樂，就把珍寶賞給他們。但
是，得到他賞賜的人一旦離開王宮，國
王就會派侍臣暗中跟着他們，等他們走
到半途，把賞賜的珍寶劫回來。

　　有一次，一個很滑稽的人到國王的
宮裏來，表演他所能做的種種技藝，很
是滑稽好看。國王快活極了，就額外的
賞給他許多珍寶。

　　當這個滑稽的人謝過國王，要離開

王宮的時候，他騎上了馬，卻把臉朝着國王，倒騎着馬離去。國王見他這般樣子，很是奇怪，就吩咐侍臣把他追回來，問他道：「你為甚麼倒騎着馬走路呢？」

　　這人答道：「我這般做作，是防備陛下的隨從把您賞給我的珍寶劫奪回去呀！」

　　國王聽到他這句話，慚愧得臉都漲紅了，再不敢叫人劫他的珍寶。於是，這個滑稽的人就這樣制服了不誠實的國王，得了許多珍寶，滿載而歸。

獅和象

　　一座森林裏的獸類，被獅子吃了不少。活着的獸類，因為要保全自己的性命，便相約去請求一位聖者，求他賦於象一種制服獅子的權力。

　　聖者說道：「可以。」於是象立刻變成了一隻兇猛的獸，把獅子逐出林外了。

　　但是，這隻龐大的象，所需要的食料，遠遠地多出獅子幾倍。森林裏的獸類，減少的速度比獅子在的時候還要快得多了。

　　於是，牠們又跑去懇求聖者說道：「聖者啊，請你讓象恢復牠的原形吧！我

們實在受不了牠的超大胃口，還是讓獅
子回來做我們的王吧！」

　　聖者說道：「啊！你們現在願意讓
獅子做你們的王了？看來，兩害相較，
當然是取其中比較輕的！」

　　事情不可能都是圓滿的，有時要學會兩害相衡取其輕。

老獅和少獅

　　某地有一隻年輕的獅子，牠因為喜歡聽人家說讚美他的話，便離開了獅羣，跑到驢的隊伍裏去，整天和驢玩耍。凡是驢能做的事，包括驢的叫聲，牠都學得維妙維肖，沒有一樣不像的。就這樣過了很久，牠在驢羣裏也待得厭煩了，就回自己的家去了。

　　少獅一見到父親老獅，就匯報說：「我在外面學了不少技藝回來呢。」

　　老獅問道：「你學會了甚麼？可以表演給我看嗎？」

　　少獅說道：「可以。」

於是少獅就把從驢羣裏學來的技藝，盡情地表演了一遍，最後又模仿驢子的聲音叫了幾聲。

　　老獅聽後嚇了一跳，說道：「作為一隻獅子，為甚麼你要去向驢學習呢？你交的這些朋友，全都是沒用的。」

　　少獅委屈地答道：「你為甚麼要責罵我呢？我的朋友們可是常常讚美我的！」

　　老獅道：「讚美你的人多，並不代表你真的有本領啊！何況驢所讚美的，正是我們獅子所鄙視的啊！」

維妙維肖：形容模仿得十分生動逼真。

貓頭鷹的回聲

　　貓頭鷹住在一個空的樹洞裏面。有一夜，月色很清朗，森林裏靜悄悄的，鳥獸們都沉沉地睡去了。貓頭鷹從樹洞裏跑了出來，對着月亮，發出一種很凌厲的叫聲。

　　牠自言自語道：「森林裏的鳥兒，牠們的歌聲，沒有一個能夠比得上我。我的歌聲，最美妙動聽了！看啊，我唱的時候，萬物無不靜聽！」

　　牠說完這話之後，山谷裏回聲不斷，也在說：「萬物無不靜聽。」

　　貓頭鷹聽見回聲，更加驕傲，又繼

續說道：「夜鶯的歌聲似乎比我婉轉，但是，牠的聲調，沒有我的高亢呢！」

回聲又說道：「沒有我的高亢呢！」

貓頭鷹聽了回聲，高興得忘乎所以了！直至紅日當空，牠仍舊在唱着牠那陰慘淒厲的歌。

這時候，羣鳥已經起來，各自放聲高歌。在牠們那些婉轉可愛的歌聲中，夾雜着貓頭鷹陰慘的怪叫。牠們都覺得這怪聲令人生厭、極不和諧，於是羣起追逐這隻貓頭鷹，直至牠逃回陰暗的樹洞裏。

老鷹、烏鴉和狐狸

　　老鷹和烏鴉住在同一片森林裏面，牠們之間有一個友好的協議。協議裏面說：「凡在這片森林裏面，無論得到甚麼東西，都要平分給大家。」牠們各自遵守這個協議，一向相安無事。

　　有一天，一隻狐狸被獵人打傷了，牠忍着痛逃到森林裏，就躺着不能動了。老鷹和烏鴉們見了很是快樂，紛紛飛落下來，圍在狐狸的身邊，商議均分的辦法。

　　烏鴉說道：「我吃狐狸的上半身。」

　　老鷹答道：「好的！」

牠們商議妥當，快要開始瓜分了。狐狸這時候想要逃走，但是辦不到，於是牠就對老鷹説：

　　「我一直以為老鷹是比烏鴉上等的鳥類，應該吃我的上半身，像我的腦，是多麼美味的東西啊！想不到你竟然會聽一隻烏鴉的指揮，來吃我的下半身！」

　　老鷹聽了狐狸的話，心裏想道：「牠的話説得不錯啊！我本來就是上等的鳥類，為甚麼要受烏鴉的指揮呢？不，狐狸的上半身應該是屬於我的，烏鴉才應該去吃下半身！」

　　牠想到這裏，就開始和烏鴉爭論。烏鴉也是固執己見，不肯讓步。爭着爭着牠們就打鬥起來，雙方都死傷了不少，剩下的都逃走了。狐狸一直在旁邊

鷸蚌相爭,漁翁得利。有時爭執的雙方都自恃強大,不肯讓步,最後得益的卻是弱小的第三者。

觀戰。看牠們死的死，逃的逃，心中大喜。於是安頓下來，靜心休養。餓的時候，吃些死烏鴉和死老鷹的肉充饑。過了好幾天，牠的傷口也都癒合了。牠站起來，大搖大擺地離開了樹林，一邊自言自語地說道：

「這些蠢鳥都想不到這個結果吧！雙方都自恃強大，不肯讓步，最後得益的卻是弱小的第三者呢！」

嫉妒者的眼光

一隻孔雀在平原上散步，牠張開了錦屏似的尾巴，悠閒地踱着步。一隻火雞和一隻鵝，迎面走來。牠們看見這美麗的孔雀，又是羨慕牠，又是嫉妒牠。牠們忍不住用譏笑的眼光望着牠。但是，孔雀完全不理牠們，仍然自顧自、慢悠悠地走着。火雞和鵝的妒火燒得更旺了。

火雞說道：「你看啊！這隻鳥高視闊步，是何等的驕傲！牠雖然有美麗的尾巴，但是，牠的本質實在比不上火雞的美麗潔白呢！而且你看看牠的腿和

爪，多麼難看呀！牠叫的聲音，多麼難聽呀！貓頭鷹聽了恐怕都要發抖呢！」

孔雀答道：「也許是吧！我估計這麼難看的腿和爪，如果生在一隻火雞和鵝的身上，就不會招致批評了。因為在妒嫉者的眼裏，只看得見他人的短處；別人顯而易見的長處，他們是不願意去談論的！」

鐵店

有一間開在大街上的鐵店，生意很旺盛。有一天，鐵店的內部，忽然發生了很大的爭執。

火爐說道：「如果沒有我的火，這鐵店就開不成功了。」風箱也說道：「如果我不吹進空氣就生不着火，這鐵店也要關門了。」

於是鐵錘啦，鐵砧啦，全都爭先恐後地討論着自己的功勞。它們都說：「沒有我這鐵店是開不成的。」

在它們吵吵鬧鬧、爭論不休的時候，一柄剛鑄造成的鐵鋤，倚在門邊正

在休息，被大家的爭論吵得有點不耐煩，便插嘴說道：

「先生們，你們不要再爭執了。這間鐵店的每一件作品，全是靠你們齊心協力，才鑄造得成功的。無論缺少了你們中間的哪一位，這間鐵店都是要關門的，所以你們每一個都是缺一不可的，又何必爭論不休呢！」

先生和學生

　　從前有一位先生，他是很睿智的人。一次，他想要試驗他的兩個學生的智力，便帶他們來到一間空蕩蕩的小屋，每人給了一些錢，叫他們去買一樣東西，買回來後能夠裝滿這間屋子。這似乎是一件很難辦到的事，但兩個學生並不推辭，拿着錢便走了。

　　不久，門外來了許多人，他們都背着不少乾草回來，原來是一個學生買回來的。他用乾草把這間屋子塞滿了，然後得意地問先生：「我這個辦法可好？」

　　先生皺着眉，搖搖頭說道：「這可

是個笨辦法呀，而且並沒有裝滿！」

過了一會兒，另一個學生也回來了。他手裏拿着一盞油燈和火柴，一進門就把燈點着。霎時間，黑暗的房子亮起來。他笑嘻嘻地對先生說：

「先生，我只花四角錢買了一盞燈回來，現在這間房子被光線塞滿了。您覺得我這個方法行得通嗎？」

先生很高興地答道：「太好了！這才是聰明的辦法。聰明人和愚人的思維方式到底是不同的！」

麻雀和鷹

在王宮的屋頂上，有一隻麻雀，踩着很輕的步伐，小心翼翼地散步。牠的妻子好奇地問：「你為甚麼要這麼小心謹慎地走路呢？」

麻雀答道：「因為我很重啊！如果我不輕輕地走路，這座美麗的王宮，豈不是要被我壓壞了嗎？」

這時候，一隻鷹正在空中盤旋着。牠聽見小麻雀的大話，覺得十分可笑，想要戲弄牠一下。但是，麻雀已經看出牠的意圖，立刻拽着妻子飛到樹上，逃回自己的巢裏，不敢再出來。

妻子埋怨道：「你為甚麼要回來得這樣匆忙呢？」

麻雀答道：「當然要趕緊回來啦！我怕我再多停留一會兒，會將王宮壓倒。為了使這所建築物免於危險，所以我立刻離開！」

鷹聽見麻雀又在那裏説大話，更覺得生氣，想要教訓牠，但是麻雀卻一直留在自己的巢裏，最後鷹放棄了。當牠飛走的時候，自言自語地説道：

「幸虧麻雀的身體足夠小，不然牠的虛榮心這麼大，世界何處可以容納牠呢？」

體質強的人和體質弱的人

　　某一國的使臣，奉了國王的命令，到鎮裏對人們宣佈：

　　「現在奉國王的命令，要挑選一些體質強健的人，他們將會得到國王的賞賜。如果你們自信是體質強健的，可隨我到王宮去！」

　　人們聽見他的話後，都一個接着一個地跟着他後面走。快到王宮的時候，差不多全鎮的人，都跟在這位使臣的後面了。這時候，使臣突然停下來，轉過身對人們說道：

　　「現在忽然又得到國王的命令，説要

80

召集體質弱的人前去領賞，因為他可憐這些體質弱的人，要幫助他們。」

那些人聽見使臣的話，就退後了幾步，面面相覷了一會兒。不久，他們又照舊蜂擁在使臣的後面了。

使臣笑着說道：「你們這些人，好像牆頭的草，吹甚麼風就往哪邊倒呢！」

面面相覷：覷：看。你看我，我看你，不知道如何是
　　　　好。

蜂擁：形容很多人亂哄哄地朝着一個地方聚集起來。

蟲和太陽

蟲類大多數是不喜歡太陽的。有一隻小蟲説道：

「世界上為甚麼要有太陽呢？太陽對於我是沒有用處的，如果沒有太陽的光照着，我在田野裏玩着，是多麼快樂啊！」

一隻雀鳥聽見小蟲的話，笑着走過來，對牠説道：

「不，你的話錯了。世界萬物都需要太陽，假如此刻沒有太陽的光線把世界照亮，我又怎能夠看見你呢？」牠説完，向前跳了幾步，就把小蟲吃下去了。

一個聰明人見到這般情形，歎了一口氣說道：

「小蟲的生命，不過數天罷了。牠們的知識淺陋，只想着自己不需要太陽，卻不知道世界上絕大部分生物是多麼需要太陽的啊！」

鷺鷥救魚

一隻鷺鷥在一個大池邊走來走去，牠想着池裏面魚兒的滋味。可是牠雖然流着口水，卻始終沒有魚兒游上來給牠逮着。鷺鷥這種吃魚的慾望，越來越強烈，所以牠一閒下來，就在池邊思考着捉魚的事。

有一天，竟然給鷺鷥想出一個奇妙的辦法。牠裝着很憂愁的樣子，在池邊長籲短歎。有幾條魚偶然游到水面，看見鷺鷥這個模樣，就忍不住問牠道：「鷺鷥先生！你為甚麼這樣憂愁呢？」鷺鷥暗喜，答道：「我是替你們擔憂，因

為我看見漁人正在那裏修補他們的網，聽說等網一修好，就要把你們一網打盡呢。」

這些魚聽到鷺鷥這樣說，非常驚恐，立刻游去報告他們的同類。於是池中的魚類開了一個緊急會議，之後就派了幾個代表，游到水面來，請求鷺鷥拯救牠們。

鷺鷥說道：「我有一個辦法，可以幫你們免除災難，不過就是我自己麻煩一點了。我可以把你們一條一條帶到山後邊的那座湖裏去，這樣你們就可以逃避漁人的撈捕了。」

魚類的代表對這個方法感到很滿意，就聽從鷺鷥的主張，任牠一條條把魚兒帶走。鷺鷥叼着魚兒，一到後山，

就迫不及待地吞下去，直到牠肚皮脹脹，再也吃不動了。吃不完的魚兒牠就晾在岩石上，準備等太陽曬乾後再享用。

就這樣池中的魚快要被鷺鷥吃光，然後輪到蟹類了。鷺鷥故技重演，讓蟹類也心甘情願地被牠一隻隻帶往山後的湖裏。然而，有一隻很聰明的蟹，在鷺鷥帶牠到半空中時，忽然往下一看，大驚失色。牠看見了曬在岩石上面的魚乾，馬上明白了以前被鷺鷥帶走的那些魚兒的命運。

牠知道鷺鷥不懷好意，而自己的遭遇，也將要和魚兒們一樣。牠急中生智，牠揮舞自己的大鉗，狠狠鉗住鷺鷥的頸，然後一用力，把牠割斷了。牠們一同落入池水中。鷺鷥死了，蟹仍然活着，

跟池裏剩下來的那些魚和蟹，像從前那樣悠閒地游來游去。

長籲短歎：籲：歎息。因傷感、煩悶、痛苦等不住地唉聲歎氣。

字詞測試站3

有些四字詞是由一對意思相反的詞組成。
例如：

　　　長籲短歎　　　長 ---- 短（意思相反）

　　這種四字詞有很多，你能找五個例子
嗎？

　　　1. _____

　　　2. _____

　　　3. _____

　　　4. _____

　　　5. _____

幸運仙和不幸運仙

　　一隻狐狸，住在一個很幽雅的山洞裏面。牠的隔壁，住着兩位仙女，一個叫幸運仙，一個叫不幸運仙。有一天，這兩個仙女都説自己的面貌比對方美麗。辯論了很久，誰也不能説服誰，於是她們就跑到狐狸的山洞裏，求狐狸替她們判斷。

　　狐狸説道：「請你們先走幾步看看，我才能夠下結論啊！」

　　於是兩個仙女各走了幾步給狐狸看。

　　狐狸對幸運仙説道：「夫人的美麗，是在走進來的時候。」又對不幸運仙説

道：「夫人的可愛，是在走出去的時候！」

鏡子

　　從前有一隻猴子，牠天天在森林裏玩着，很是快活。一天，牠在林地上，拾到了一面鏡子。牠向鏡裏一看，見到自己的臉很是醜怪，以為鏡子有讓人變醜的魔法，吃了一驚，就把鏡子扔在地上。但是，牠躊躇了一會兒，最後好奇心佔了上風，牠想看看別的動物看到鏡子會有甚麼反應。於是牠又把鏡子拾起來，跑到各個朋友那裏，給牠們看鏡子。

　　熊向鏡子裏一照，立刻很愁悶的說道：「唉呀！我的臉為甚麼這樣難看呢？」

狼向鏡裏一看，也哀歎道：「唉！我為甚麼沒有獅子那般威嚴呢？再不然，如果有鹿大哥那兩支美麗的角，也會好看一點啊！」

　　兔子向鏡裏一看，也悲聲說道：「唉！我真是不幸啊！騾姑娘那般美麗好看，而我的嘴臉，卻這樣的奇怪醜陋，這紅紅的眼睛是怎麼回事呀！」各獸輪流照了鏡子，沒有一個覺得自己的臉是不難看的。因此各獸都變得悲傷起來，同時也都疑心這面鏡子一定是有魔法的。最後，猴子把鏡子遞給貓頭鷹說道：

　　「你也照一照啊！」

　　貓頭鷹拒絕道：「不，我不會照的。你們以為這鏡子是有魔術的，會讓你們看到一個醜化的自己，所以才會引起你

們的悲傷。其實這面鏡子並沒有魔法，不過是誠實地照出你們自己本來的樣子罷了。假如我也從鏡子裏看自己的臉，不免像你們一樣悲傷起來。有時候，知道真相是痛苦的根源，我又何必自討苦吃呢？」

猴子聽了牠這番話，覺得很有道理，就把鏡子向地上一扔，使它碎成了一塊塊，然後對貓頭鷹說道：

「怪不得大家稱你為森林中的智者了，如果沒有你解釋給我們聽，我們不知道還要悲傷到甚麼時候呢！」

躊躇：猶疑不決的樣子。

知道真相固然是痛苦的根源，但不一定是壞事
啊！只要肯努力，明天一定會變得更好！

各人的見解

　　某地的森林裏面，有一隻名叫老智的貓頭鷹，牠辦了一個學校。許多動物，都到牠的學校裏來學習。這樣過了很久，牠要檢驗這些學生的學業，有沒有進步。於是牠出了一個題目去考驗牠們。牠的題目是「月亮為甚麼要照在天空上？」

　　夜鶯答道：「因為要使我的新婚夫人，在它可愛的清光裏唱歌。」

　　百合花答道：「因為要使我們開放的花瓣，在它的清輝下舒展我們的皮膚。」

兔子答道：「因為可以積攢許多露水，在第二天早晨給我們當果汁品嚐。」

狗答道：「月亮的照耀，是要便利我們尋找藏匿在主人屋外的盜賊。」

螢火蟲答道：「月亮不歡喜我的光亮，它的出現是要驅逐我到陰影裏去。」

狐狸答道：「月亮照在天空上，是為了照亮我去家畜那裏的路。」

老智說道：「夠了，你們的見解，完全從自己的利益出發，只是為了要達到自己的目的罷了！」

積攢：一點一點地聚集起來。

蛇和鸚鵡

有一個趕路的人從森林中經過，聽見一條蛇對鸚鵡說道：

「鸚鵡哥，為甚麼人們都喜歡你，寵愛你，當你是寶貝一般呢？但是他們見了我就像仇敵一般，不是往死裏打，就是把我趕走呢？」

鸚鵡答道：「蛇先生，事實的確是你說的這樣。你想知道人們為甚麼這樣愛我，又為甚麼這樣恨你嗎？我來告訴你答案吧！我對待人們是很和善的，並且能夠娛樂他們，所以他們愛我。你呢？總拿着兇狠的樣子對待人們，那就

難怪他們恨你了。」

蛇說道：「啊！原來是這樣。那麼，我以後就學你，以你為榜樣。」

於是牠離開了鸚鵡，向村中走去。一個趕路的人，本來靜悄悄地在聽牠們對話，此時見蛇向村中走去，就好奇地跟在蛇的後面。這時見蛇走到一家農户的門口，對農夫說道：

「你好啊！我現在願意像鸚鵡那樣跟你們和平共處，甚至可以用跳舞來娛樂你們呢！」

農夫一句話也沒有說，卻把手中的鋤頭，向下一揮，把蛇打成了兩段！趕路的人在後面見了這樣的情形，不禁歎息起來說道：

「誠信的建立是很難的。一個作惡已

久的人，突然要改邪歸正，是很難讓人相信他的！」

忘記了自己

　　某處溪邊，有一羣豬正準備渡過溪水。這羣豬，是由一隻老豬率領着的。牠臨渡水的時候，對這些小豬説道：

　　「我們一共是十二隻，你們都跟緊一點。游到對岸之後，要記得檢查我們的數目！」牠吩咐完畢，就和這些豬一同渡水過去了。

　　到了對岸，牠們把身上的水抖乾了以後，就開始檢查豬羣，看有沒有豬被落下。但是，老豬數來數去，只有十一隻豬。又換了一隻豬來數，仍然是只有十一隻。

於是老豬驚叫道：「這一隻一定是在渡溪渡到一半的時候，被溪水沖跑了！」

　　牠們就悲叫起來，為那隻犧牲了的小豬哭泣。

　　一個農夫正好從這裏經過，看見這情形，不禁「噗哧」一聲笑起來，對這隻老豬解釋道：「你們數了幾次，都忘記了數自己。世界上第一重要的人就是自己，你們為甚麼竟然忘記自己呢！」

四隻貓頭鷹

　　四隻貓頭鷹，同住在一座森林裏，牠們是很要好的朋友。一天，牠們約定各自出外旅行，考察各種動物的性情，看牠們是不是喜歡做虛偽和狡詐的事，等到旅行結束的時候，牠們再聚在一起，分享彼此的所見所聞。牠們約好了之後，就分頭去旅行了。

　　第一隻貓頭鷹決定向北方飛去，牠在河邊看見魚類正在譏笑鳥類，說道：「你們鳥類的翅膀，多麼醜怪！我們魚類的鰭是何等美麗啊！」

　　第二隻貓頭鷹來到了南方，在一座

小山上面，看見一隻金蠅正走到蜜蜂巢的門外。蜜蜂說道：「這些可憐的傢伙要問我們乞些食物了。」金蠅卻對他的朋友說道：「天熱的時候，這些蜜蜂像強盜一樣，偷去了所有的花蜜。現在天氣冷了，害得我們沒有任何東西可吃了。」

第三隻貓頭鷹，是往東方飛去的。牠在一座森林裏面，看見豹從洞裏走出來，一隻狼跟在牠後面，一起走了很遠。但是，狼偷偷地向自己的朋友說道：「豹其實是一種奸狡的東西。我之所以會跟着牠走，只是因為牠的強壯可以庇護我。」

第四隻貓頭鷹，是往西方飛去的。牠在路上經過時，看見一隻熊從獅穴的洞口走過，被住在附近的一隻狐狸拽

住，教唆牠到獅洞裏向母獅求愛。熊果然聽狐狸的話去了，結果，卻被母獅踢出洞外。

四隻貓頭鷹旅行結束，都回到森林裏來，把各自見到的事情說了一遍。牠們得出一個相同的結論：「有太陽照到的地方，就有奸詐的事！」

聖者和禽獸

　　在許多年以前，東方有一位聖者，他擅長各種動物的口音和言語，並且能夠教一種動物學另一種動物的口音。於是許多動物都慕名而來，學習第二種語言。

　　這樣沒過多久，狐狸學會了公雞的叫聲。牠跑到公雞的籠舍外面，學着公雞的聲音叫着。公雞聽見了，以為是別處跑來一隻公雞要和牠們打架，便很憤怒地迎出去。狐狸見公雞中計，就從另一邊走進雞舍，傷害了不少的母雞和小雞。

狼也學會了羊的叫聲，到羊圈裏去騙羔羊吃。

　　鷹也學會麻雀的叫聲，飛到麻雀家裏，把小麻雀掠走當作早餐吃。

　　就這樣，一種動物學會了別的動物的聲音，就去幹這種壞事。於是受害的動物們，一起來到聖者的面前，控訴學生們的惡行。

　　聖者歎道：「唉！果然不出我所料！多掌握一種語言本是好事，但是牠們誤用了知識和權利，反而是一種加倍的惡行！我會收回牠們這種能力，並且以後都不再教牠們這種技能了！」

聰明的公羊

有一羣羊在草地上玩耍，主人跟牠們開玩笑地說道：「我明天來見你們的時候，會裝成一隻狼的模樣。你們相信我能夠做得到嗎？」

那些羊聽了，都相信牠們的主人能夠辦得到，只有公羊不相信。牠心裏很懷疑，覺得這樣的事情是不太可能的，不過牠並沒有把自己的懷疑告訴別的羊。但是，主人跟羊羣的對話，卻被附近的一隻狼聽見了。

第二天，這羣羊依舊在草地上吃着草。公羊因為有事，暫時離開了母羊和

那些小羔羊。狼見有機可乘，就從別的一條近路走來，對羊羣說：「你們看呀！我已經假裝成狼的樣子了，是不是跟狼一模一樣，沒有任何地方不像呢？今天我帶你們去山裏玩一會兒好嗎？那裏的草地很肥美啊！」

母羊和小羔羊們聽了狼的話，信以為真，正要跟着狼走。公羊剛巧回來，見了這樣的情形，連忙阻止母羊説道：

「笨蛋！世上哪有可以假裝狼假裝得一模一樣的事情呢？主人不過和我們開玩笑罷了，你們就信以為真，幾乎中了奸人的詭計！」

狼被公羊揭露了真面目，就飛快地逃回到自己的洞裏去了。

旁觀的貓頭鷹

狡猾的捕鳥人，捕鳥的時候，常用一些黏膠塗在網的上面，再在地上散佈一些穀米，引誘鳥類來吃。小鳥們不知他們的詭計，常常會中了他們的圈套。

一次，一個捕鳥人跑到一座森林裏，照樣散佈些穀米在地上，上面覆着塗了黏膠的網，他自己遠遠的跑開，希望小鳥們飛到網下，他把繩一拉，就可以把進來吃食的小鳥捕獲。

不久，一大羣的小鳥飛來了，站在樹枝上。牠們注意到地上的穀米，嘰嘰喳喳地讚美着說：「那些穀米真可愛

啊！」

當牠們議論的時候，一隻貓頭鷹冷笑着說道：「是的，但網上的白色東西，尤其可愛呢！」

小鳥們好奇地問牠：「那些白色的是些甚麼東西呢？」

貓頭鷹答道：「那是我們鳥類的最好朋友，叫做黏膠，當我們接近它時，它就會把我們緊緊地抱住，再也不肯放我們離開。」

小鳥們聽了這番話後，嚇得直搖頭，根本不敢走近網，去嚐那些穀米了。

捕鳥人見了這種情形，歎着說道：「我們的計策雖然巧妙，但卻始終瞞不過旁觀的貓頭鷹的眼睛。」

好諂媚的國王

從前某國的國王，很喜歡人家對他諂媚。有一次，他拿了兩件寶物，擺在桌子上，對他的臣子們說道：

「無論是誰，只要能夠在最短的時間裏環遊我的國家一圈，我便把這兩件寶物賞給他。」

國王說完之後，他的大臣們還沒有回答，就有一個侍臣跑到國王的身邊，繞着國王的座位，走了一個圈子。

國王問他道：「你在做甚麼呢？」

侍臣答道：「陛下就是國家，我現在已經在最短的時間，環遊陛下的國家

一圈了。」

　　國王心裏很是高興，就對這位侍臣說：「你的話的確不錯，這兩件寶物賞給你吧！」於是侍臣得了這兩件寶物，快活地退下去了。

　　別的侍臣都在低聲議論説：「喜歡諂媚的人，往往會受人愚弄啊！」

諂媚：討好別人。

騾子和看門狗

　　有一戶鄉村裏的人家，養了一匹騾子，是替他馱東西的。一天晚上，守門的狗終夜吠叫，因為牠要防止竊賊進入主人的屋。牠的叫吠，是要盡牠的責任。但是騾子聽見狗的吠聲，以為牠在自己取樂，於是牠也學狗整夜叫着。

　　第二天早晨，騾子的主人一早就起身跑來，說道：「這隻畜生大約生病了，可憐地叫了一整夜，還是去請個獸醫來給牠檢查一下吧。」說着就出門去了。

　　不久，獸醫來了。他視察了這隻騾子一會，說道：「這畜生的確病得太可

憐了，要用燒紅的鐵烙牠的身體，牠的病才會好的！」

騾子急忙分辯說：「不，我沒有病，我叫是為了取樂啊！」

獸醫說道：「這畜生怕受苦，所以不肯說有病，如果不烙牠，就快要病死了。我們不要聽牠的話，快點烙牠吧！」

騾子的主人，對獸醫的話深信不疑，於是他們用繩子把騾子捆起來，用燒紅的鐵條，上上下下將牠全身烙了一遍，才把牠解下來。可憐的騾子被烙得渾身是傷，痛苦難當。

過了好幾天，騾子才緩過來。後來，牠遇見了狗，就把自己的遭遇對狗說了。牠迷惑地問狗道：「狗弟，同樣都是叫，為甚麼你沒事，我卻被烙呢？」

狗哭笑不得地說道：「啊！騾大哥，叫是我的工作，可不是取樂。你以為我的工作是為自己取樂，那是你大大的錯誤啊！怪不得你要受苦了。」

字詞測試站參考答案

字詞測試站 1

1. 經過一連串調查後，警察終於揭露了令人震慄的案情。

2. 我們沒必要猜度下去，直接問他就可以了。

3. 他的話很奇怪，我聽了之後很詫異。

4. 我們最好還是不要去窺探別人的私隱。

字詞測試站 2

1. 琅琅：讀書聲

2. 蕭蕭：馬叫聲

3. 汪汪：狗叫聲

4. 吱吱：老鼠叫聲

5. 嗡嗡：昆蟲叫聲

6. 呼呼：風聲

字詞測試站 3

1. 此爭彼奪（彼此）　　2. 前呼後應（前後）

3. 凶多吉少（凶吉）　　4. 左鄰右里（左右）

5. 出生入死（出入）　　6. 有頭無尾（有無）